LE
CHEVALIER JEAN

OPÉRA EN QUATRE ACTES

POÈME DE

LOUIS GALLET ET ÉDOUARD BLAU

MUSIQUE DE

VICTORIN JONCIÈRES

UN FRANC

PARIS

CALMANN LÉVY, ÉDITEUR

RUE AUBER, 3, ET BOULEVARD DES ITALIENS, 15

A LA LIBRAIRIE NOUVELLE

1885

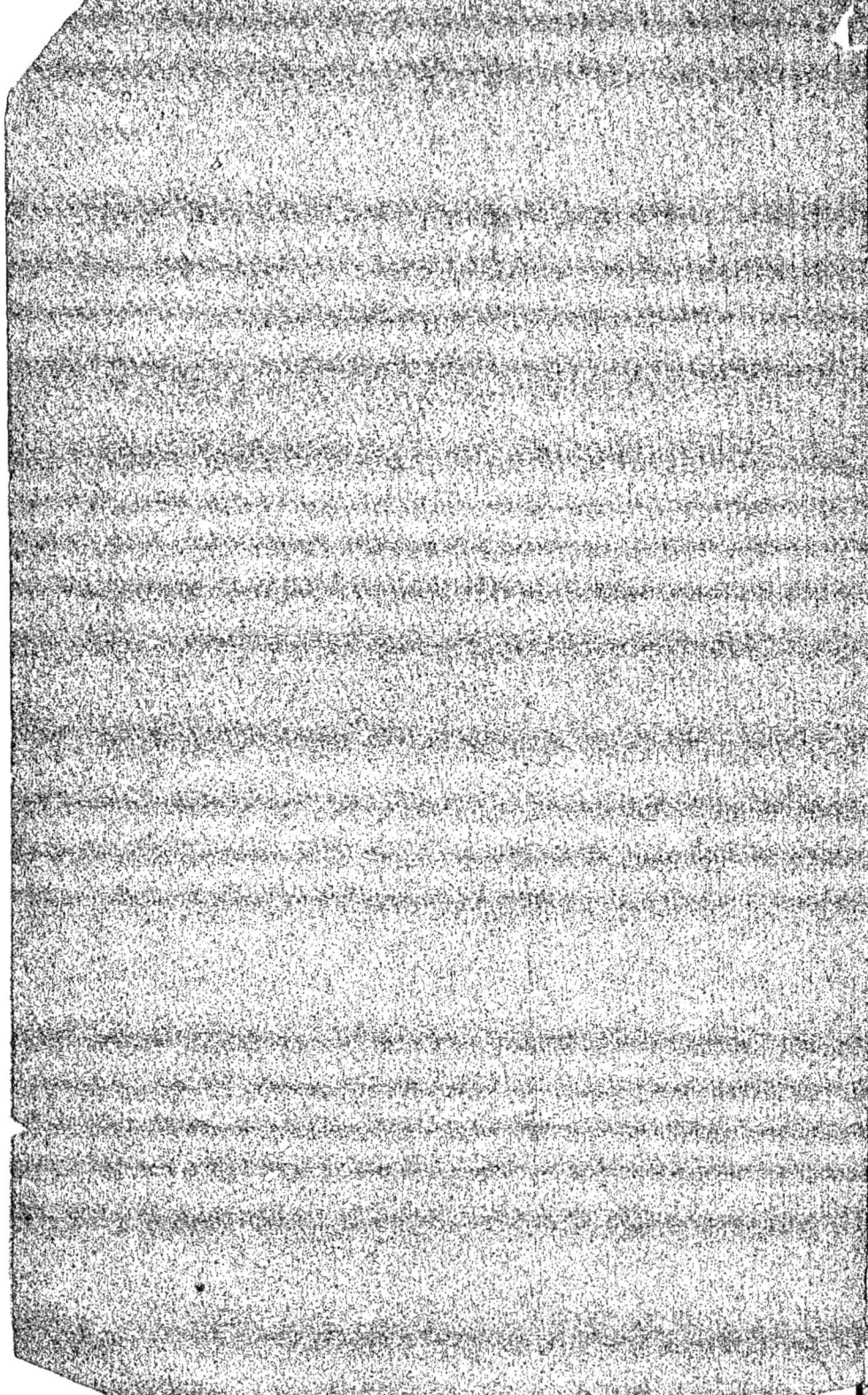

LE CHEVALIER JEAN

DRAME LYRIQUE

Représenté pour la première fois, à Paris, sur le théâtre de
l'Opéra-Comique, le 9 mars 1885.

DIVERTISSEMENT DE Mᵐᵉ L. Marquet

DÉCORS DE MM. Lavastre (Actes I et II)
Carpezat (Acte III)
Rubé, Craperon et Jambon (Acte IV)

COSTUMES DESSINÉS PAR M. Thomas

DANSE

MMᵐᵒˢ Milani et Garbagnati

MMᵐᵉˢ Barau, Ducasson, Gillet, Assoly, Mercier,
Tainsy, Paris, Dieudonné, Charlotte, Varnaut.

S'adresser pour la mise en scène à M. Ponchard, Directeur
de la scène, et pour la partition, les parties d'orchestre et
tout ce qui concerne l'exécution théâtrale, à M. L. Grus,
éditeur de musique, place Saint-Augustin.

IMPRIMERIE CHAIX, RUE BERGÈRE, 20, PARIS. — 4934-5

LE
CHEVALIER JEAN

DRAME LYRIQUE EN QUATRE ACTES

POÈME DE

LOUIS GALLET & ÉDOUARD BLAU

MUSIQUE DE

VICTORIN JONCIÈRES

PARIS

CALMANN LÉVY, ÉDITEUR

ANCIENNE MAISON MICHEL LÉVY FRÈRES

3, RUE AUBER, 3

1885

A

M. LÉON CARVALHO

CE POÈME EST DÉDIÉ

En témoignage d'affectueuse reconnaissance.

PERSONNAGES

LE CHEVALIER JEAN DE LORRAINE.	MM. Lubert.
LE PRINCE RUDOLF.	Bouvet.
L'EMPEREUR FRÉDÉRIC	Fournets.
LE COMTE ARNOLD	Cambot.
MATHIAS	Troy.
UN HÉRAUT DE JUSTICE	Dulin.
HÉLÈNE	Mmes Emma Calvé.
ALBERT	Marie Castagné.
IDA	Emilie Dupont.

CHEVALIERS, SOLDATS, HÉRAUTS ET SERGENTS D'ARMES,
DAMES, PAYSANS, ETC., ETC.

En Silésie (xiie siecle).

LE CHEVALIER JEAN

ACTE PREMIER

Sur le domaine du comte Arnold, près du château. Horizon de montagnes et de bois
Tables dressées sous les arbres. Assemblée joyeuse. — Danses villageoises.

SCÈNE PREMIÈRE

PAYSANS, VASSAUX, MATHIAS.

LE CHŒUR, autour des tables, buvant et dansant.

Le comte nous a fait largesse !
Comme nos bœufs, las du labour,
Nous sommes libres tout un jour.
Joyeux festin, douce paresse !
A notre gré, dormons, buvons,
   Rions, chantons !
Le comte nous a fait largesse.

MATHIAS.

'Oui, buvons au comte, buvons !
On ne sent plus le joug quand les maîtres sont bons !

LE CHŒUR (hommes).

Le comte Arnold est pour nous comme un père

LE CHŒUR (femmes).

Et la comtesse Hélène a pour nous la douceur
Et la tendresse d'une sœur.

MATHIAS.

C'est le premier anniversaire
De leur mariage, et voici
Qu'au sortir de l'église ils vont venir ici.

TOUS, levant leur verre.

Hourrah! hourrah! que Dieu les garde et les conserve!

MATHIAS.

Des pièges du méchant aussi qu'il les préserve!

MATHIAS et LE CHŒUR.

Buvons sans crainte! amis, buvons
Aux maîtres que nous aimons!

Le comte nous a fait largesse!
Comme nos bœufs, las du labour,
Nous sommes libres tout un jour.
Joyeux festin, douce paresse!
A notre gré, dormons, buvons,
Rions, chantons!

Rumeur au dehors. Les paysans assis au fond s'inquiètent et se lèvent. Au même
instant paraît Ida ; elle vient en courant, comme poursuivie.

SCÈNE II

LES MÊMES, IDA.

IDA.

Ah ! Dieu ! protégez-moi !

MATHIAS et LE CHOEUR.

Parle.

IDA.

Dans le village,
Là-bas, sont venus de noirs cavaliers;
On les entend parler de meurtre et de pillage.
D'autres soldats, dit-on, les suivent par milliers,
Leurs bataillons couvrent la plaine.
Deux d'entre eux ont voulu m'arrêter..., à grand'peine
J'ai pu leur échapper.

LE CHOEUR.

D'où viennent ces soldats !

IDA.

Ils forment la garde choisie
Du palatin de Silésie,
Le prince Rudolf.

TOUS, avec un mouvement d'effroi.

Ah ! Rudolf !

MATHIAS.

Ne tremble pas.
Le comte Arnold est roi sur son domaine ;
Rudolf, malgré sa haine,
Est trop prudent pour se risquer ici.

IDA, tout à coup.

Sauvez-moi ! cachez-moi ! ces hommes, les voici !

SCÈNE III

LES MÊMES, SOLDATS.

Des soldats envahissent la scène... Mathias, qui veut faire résistance, est désarmé p r
eux. Les paysans reculent devant les soldats. Scène de désordre et de terreur.

LES SOLDATS, avec une gaieté brutale, apercevant et se montrant Ida

Elle est là !.. Belle sauvage,
Fais-nous donc meilleur visage ;
Nous sommes bons compagnons
Et volontiers nous rions.

IDA et LES FEMMES.

Grâce !

MATHIAS et LES PAYSANS résistant.

Bandits ! Démons !

LES SOLDATS.

Allons!
Allons! les paysans, place,
Place à ce joyeux festin!
Retournez en vos familles!
Mais laissez-nous là vos filles
Pour nous·verser votre vin.

Les soldats sont installés aux tables. — Au fond apparaît tout à coup le chevalier Jean. Une troupe de soldats croisés l'accompagne.

SCÈNE IV

LES MÊMES, JEAN, SOLDATS DE SA SUITE.

JEAN.

Pillards! hardis contre des femmes
Et des paysans désarmés!
Allons, debout! voyons ce que valent vos âmes
Et si le bon combat est ce que vous aimez!

LES SOLDATS assis à table rient insolemment en se montrant Jean.

Que nous veut celui-là?

JEAN.

Trève à votre insolence!

Debout!

LES SOLDATS, riant.

Ah! ah!

JEAN, aux siens.

Amis, chassez-moi cette engeance,
Tous ces voleurs de filles et de vin !
Et si quelqu'un veut faire résistance,
Courez sus, comme au Sarrasin.

Les hommes de la suite de Jean se précipitent sur les soldats et les chassent aprè
une courte lutte.

JEAN, simplement.

Bonnes gens, maintenant, remettez-vous à table !

Tous les paysans l'entourent.

CHŒUR.

Cœur généreux, bras secourable,
Noble seigneur, soyez béni !

Pendant le chœur, le comte paraît ; Mathias est avec lui et lui montre Jean.

SCÈNE V

JEAN, LE COMTE, MATHIAS, PAYSANS.

JEAN, apercevant Arnold, avec joie.

Le comte Arnold !

LE COMTE.

Ah ! Jean !

Ils s'embrassent.

Là, toujours favorable
Au faible, à l'opprimé, Jean, vous avez puni
Des hommes dont le chef est à tous redoutable,
Le prince palatin Rudolf, le favori
De l'Empereur. Il va vouloir tirer vengeance
D'un châtiment, compté par lui comme une offense;
Mais, chez moi, de ses coups vous serez à l'abri.

JEAN.

Merci, je ne crains rien, puisque j'ai fait justice!

LE COMTE.

Ainsi soit-il !

Tout le monde s'éloigne sur un signe du comte.

Parlons de vous, mon cher enfant :
D'aucuns vous disaient mort en Terre-Sainte

JEAN.

Puisse
Tout homme qu'on dit mort se voir aussi vivant !
Par la Croix, j'ai passé par bien des aventures ;
Mais des dangers courus, je ne me souviens plus.
Je reviens, l'âme ouverte aux ivresses futures,
Qui me doivent payer tant de beaux jours perdus.

LE COMTE

Vous aimez!

JEAN.

Oui ! d'une tendresse immense
Une adorable enfant, et, sans avoir parlé,
Depuis longtemps son cœur au mien s'est révélé.

Quand je l'adorais en silence,
Lorsque je frémissais d'un indicible émoi,
Je la voyais rougir et trembler comme moi.

Là-bas, par les déserts de sable,
Par les cités pleines de bruit,
Sa blanche forme insaisissable
Glissait dans le jour pur ou la profonde nuit.

Elle était ma seule pensée,
Mon seul espoir, mon seul trésor!
Toujours mon âme était bercée
Par sa voix, que j'entends encor.

A la fois absente et présente,
Elle avait pour me retenir
Les âpres tourments de l'attente
Et le charme du souvenir.

Je vais la voir, je vais lui dire
Cet amour tout-puissant qu'en mon cœur elle a mis,
Et je n'aurai pas trop payé d'un long martyre
Tout le bonheur qui m'est promis!

LE COMTE.

Dieu vous doit ce bonheur pour prix de tant de peine!

A ce moment, Hélène paraît avec ses femmes. Le page Albert marche à sa suite portant son livre d'heures. Elle vient lentement vers le comte sans reconnaître Jean.

Soyez mon hôte, Jean, au moins pour aujourd'hui

Paternellement.

Ma demeure est la vôtre...

Voyant Hélène.

Ah! la comtesse!

JEAN *avec un cri étouffé.*

Hélène!

Sa femme!

Il demeure accablé.

SCÈNE VI

Les Mêmes, HÉLÈNE, ALBERT, Suite d'Hélène;
puis MATHIAS.

LE COMTE, à Hélène lui présentant le chevalier.

Mon ami, le chevalier Jean !

HÉLÈNE.

Lui !

O cruelle douleur ! O joie inattendue !
Hélas ! lui que j'aimais, lui que j'ai tant pleuré,
Il vit ! mais l'espérance est à jamais perdue,
L'amour n'est plus permis à mon cœur déchiré.

LE COMTE.

Du vaillant chevalier fêtons la bienvenue,
Son père, bien des fois, a franchi notre seuil.
Souvenir du passé, tout à l'heure à sa vue
Mon cœur, vaillant encor, a tressailli d'orgueil.

1.

JEAN.

O cruelle douleur ! O chute inattendue !
Je reviens triomphant, sans prévoir un écueil,
Et celle que j'adore est à jamais perdue...
Où je cherchais l'amour, j'ai rencontré le deuil.

ALBERT, contemplant Hélène.

Qu'elle est belle ! Ah ! toujours parle en mon âme émue
Un amour qui me tient follement enivré !...
Un jour, je l'avouerai, cet amour qui me tue,
Mais hélas ! qu'il est loin, ce jour tant désiré !

A la fin de l'ensemble, entrée de Mathias, qui vient rapidement vers le comte.

MATHIAS.

Seigneur comte, des gens qui portent la bannière
Du palatin Rudolf montent au château.

LE COMTE.

Va !
Je te suis !

A Jean.

Ma maison vous est hospitalière
Ami, vous n'avez rien à craindre de ceux-là.
A bientôt ! Chère Hélène, accompagnez notre hôte.

Le comte s'éloigne avec Mathias, Albert et une petite escorte portant la bannière
seigneuriale. Les femmes sortent également.

SCÈNE VII

JEAN, HÉLÈNE.

Jean, après un silence, s'avance vers Hélène.

JEAN, avec amertume.

Madame, Dieu m'a fait une faveur bien haute
En plaçant sur ma route, alors que je reviens,
Le plus loyal ami de mon père et des miens.

A part.

Ah ! n'oser lui parler !

HÉLÈNE, à part, tremblante.

Sa voix trouble mon âme !

JEAN.

Que Dieu m'ait en pitié ! (Tout à coup) Madame !..

Elle le regarde avec angoisse.

Non, tenez ! je voudrais en vain me contenir !

HÉLÈNE.

Fatal amour ! trop vivant souvenir !

JEAN.

Je voudrais commander à mon cœur de se taire,
A ma voix de ne pas trembler,
Je ne puis demeurer ici sans vous parler
De mon espoir trompé, de ma souffrance amère,
Sans laisser éclater le cri de mon amour !

HÉLÈNE.

Grand Dieu! qu'avez-vous dit?

JEAN.

Rappelez-vous ce jour
Où, les croisés prirent les armes,
Où les yeux pleins de larmes,
Je vins vous dire adieu.
Sans un mot prononcé, se lièrent nos âmes,
Et dans un seul regard enfin nous échangeâmes
Un solennel serment dans un premier aveu.

Mouvement d'Hélène.

Ah! vous m'aimiez, Hélène, et pour vous en défendre
Il faudrait faire oubli de votre loyauté.
Vous deviez être à moi. Mais lasse de m'attendre
Vous avez repris votre liberté.

Avec désespoir.

Ce cœur sur qui j'ai droit, cette pure beauté,
Rien ne pourra donc plus désormais me les rendre!
Ah! maudit soit ce jour,
Maudite soit la vie et maudit mon amour!

HÉLÈNE.

Écoutez-moi. Mon trouble a trahi ma pensée;
D'ailleurs, je ne sais pas mentir.
Oui, Jean... je vous aimais! La douleur m'a brisée
Lorsque je vous ai vu partir.

Un jour, on vous dit mort!.. S'il faut que je le nomme,
Le palatin Rudolf,... depuis longtemps m'aimait.
Je redoutais cet homme
Que tout le monde hait.
Le comte alors me dit : Sois mon épouse,...
Sois ma fille!.. Ici nul n'osera t'offenser.

JEAN.

Hélas! je vous comprends. O tendresse jalouse!
Cher souvenir, faut-il à jamais t'effacer!

ENSEMBLE.

JEAN.

Adieu! chère espérance!
Adieu! tout mon bonheur.
Souffre dans le silence,
Meurs dans l'ombre, ô mon cœur!
Ah! je veux de moi-même
En vain me délier.
L'amour dont je vous aime
Ne peut plus s'oublier!

HÉLÈNE.

Adieu! plus d'espérance!
Adieu! notre bonheur!
Souffre dans le silence,
Meurs dans l'ombre, ô mon cœur!
Ah! je veux de moi-même
En vain le délier,
Cet amour dont il m'aime
Le pourrai-je oublier!

Rentrée de la foule des paysans, précédant le comte, qui vient en scène avec Rudolf,
lequel est escorté de ses soldats et de son porte-bannière.

SCÈNE VIII

Les Mêmes, LE COMTE, RUDOLF, MATHIAS, ALBERT, Femmes, Paysans, Soldats.

LE COMTE.

Au nom de l'Empereur, votre maître et le nôtre,
J'accueille en ce château le prince palatin.
Parlez donc maintenant! Quel désir est le vôtre?

RUDOLF.

Je demande justice.

LE COMTE.

Eh bien?

RUDOLF.

Là, ce matin,
Un homme, un étranger, a maltraité sans cause
Mes gardes, mes soldats... Cet homme?

LES SOLDATS de Rudolf, lui montrant Jean.

Le voici!

HÉLÈNE, avec crainte.

Lui!

RUDOLF.

Je veux avant toute chose
Qu'on me le livre et qu'il soit puni sans merci.

LES SOLDATS de Rudolf, violemment.

Oui! qu'il soit puni sans merci.

HÉLÈNE.

O mon Dieu!

LE COMTE, arrêtant vivement Jean qui s'avance et va parler.

Taisez-vous!

à Rudolf.

Ici, sur mon domaine,
Sachez, Rudolf, que je suis roi,
Et nul n'y commande avant moi.
C'est un loyal et vaillant capitaine
Que vous accusez aujourd'hui.
Il est mon hôte et je réponds de lui.

RUDOLF.

Livrez-le moi!

LE COMTE.

Jamais.

JEAN, au comte, mais hautement.

Laissez-moi me défendre.

LE COMTE.

Non! je réponds pour vous!

RUDOLF.

Refusant de m'entendre,
Comte, peut-être entendrez-vous
Celui qui vient ici, notre seigneur à tous,
L'Empereur Frédéric.

LE COMTE et les siens.

L'Empereur!

RUDOLF.

Un message.

Lui fait connaître quel outrage
Mes soldats et les siens reçurent aujourd'hui.

Sonnerie de trompettes à peu de distance.

RUDOLF, puis la foule.

Écoutez!

Mouvement. Acclamations au dehors : L'Empereur! l'Empereur!

LE COMTE, surpris.

L'Empereur!

RUDOLF, ironiquement.

Comte, résistez-lui.

Nouvelle sonnerie plus rapprochée.

Paraît l'Empereur Frédéric avec une suite guerrière. Des écuyers sont aux côtés de l'Empereur, etc., etc.
Cris : Honneur à l'Empereur!

SCÈNE IX

Les Mêmes, L'EMPEREUR FRÉDÉRIC.

Tout le monde s'est incliné respectueusement devant l'empereur Frédéric. — Le comte Arnold est le plus près de lui et se tient, tête nue, le genou fléchi, attendant que l'Empereur lui parle. Ce dernier lui fait un signe gracieux. Le comte se relève.

L'EMPEREUR.

Comte Arnold, mon féal, si je viens sur ta terre,
C'est qu'un grave péril menace mes États
Et qu'il faut rassembler demain sous ma bannière,
Avec les meilleurs chefs tous les meilleurs soldats.

Henri le Lion, duc de Saxe et de Bavière,
         M'a déclaré la guerre.
Il a fait alliance avec les Milanais
Révoltés contre moi. Comte, je te connais,
Tu seras le premier à reprendre la lance.

LE COMTE.

Ah! sire, je suis prêt.

L'EMPEREUR.

         J'ai foi dans ta vaillance
     Et dans ton dévouement,
Et j'ai besoin de tous en un pareil moment.

LE COMTE.

J'obéirai.

HÉLÈNE, au comte, bas.

     Seigneur, ce départ m'épouvante.

RUDOLF, avec un regard ardent rapidement jeté vers Hélène. A part.

     Elle sera donc seule enfin!

L'EMPEREUR.

Rudolf, viens à ton tour.

                              Rudolf s'approche.

         Si ma justice est lente,
     Nul, du moins, ne l'invoque en vain.
Je veux venger ici l'offense qu'on t'a faite.
Le coupable?...

                    Jean sort de la foule et s'avance hardiment.

JEAN.

     C'est moi!

LE COMTE, s'interposant.
         Chevalier !

L'EMPEREUR.

Qu'on l'arrête!

LE COMTE, suppliant.

Ah ! qu'il soit entendu, sire !

L'EMPEREUR.

Que dira-t-il ?

JEAN.

Si vous le demandez, eh bien, je dirai, sire,
        Qu'il est honteux qu'en votre empire
Un loyal chevalier ne puisse sans péril
Châtier des bandits qui pillent un village.

RUDOLF et les siens, avec intention, à l'Empereur.

Vos soldats, des bandits! C'est un nouvel outrage!

Frédéric les apaise du geste.

JEAN, avec mépris.

    Des soldats, tous ces hommes ? Non !
Il faut besogner mieux pour mériter ce nom.
Je veux voir au combat ce que vaut leur jactance.
Si ce que je vous dis, sire, encor vous offense,
Eh bien, punissez-moi; mon sang vous appartient.

L'EMPEREUR, à ceux qui l'entourent.

Par Dieu ! j'aime ce haut langage.

Regardant Rudolf avec intention.

Et bien mal avisée est la voix qui m'engage
    A désarmer un bras comme le tien.

HÉLÈNE, à part.

Il est sauvé !

L'EMPEREUR.

Garde-nous ton courage.
Nous en aurons besoin là-bas,
Contre Henri le Lion, demain, tu nous suivras!

A Rudolf.

Pour toi, Rudolf, ici demeure.
Tu dois gouverner en mon nom ;
Sois juge souverain et dispense à toute heure
Le châtiment et le pardon !

Faisant élever sa bannière.

Pour Dieu, pour la patrie,
Au nom de l'empereur,
La gloire vous convie
Au chemin de l'honneur!

Dieu tutélaire,
En ton appui notre âme espère.
Soldats, marchez sous ma bannière.
En avant, en avant, en guerre !
Pour Dieu, pour la patrie et pour votre Empereur !

ENSEMBLE

HÉLÈNE.

Cruel devoir, ô sort funeste !

ALBERT.

Ils partent tous et moi je reste !
Mon cœur est plein d'espoir !

RUDOLF.

Pour commander ici je reste,
La voilà donc en mon pouvoir

ENSEMBLE

Pour Dieu, pour la patrie,
Au nom de l'Empereur,
La gloire nous convie
Au chemin de l'honneur !

Dieu tutélaire,
En ton appui notre âme espère.
En avant, en avant, en guerre !
Pour Dieu, pour la patrie et pour notre Empereur !

Les chevaliers, l'épée haute, s'inclinent devant l'Empereur. — Les trompettes
sonnent. — Tableau.

ACTE DEUXIÈME

Les jardins du château du comte Arnold. — A droite, grande terrasse praticable donnant sur les appartements de la comtesse. — Escalier conduisant de la terrasse au jardin.

SCÈNE PREMIÈRE

HÉLÈNE, IDA, ALBERT, Groupe de Femmes, filant et brodant.

CHŒUR DE FEMMES.

Tournez, fuseaux que guide,
Légère, notre main;
Tournez d'un tour rapide!
Fuseaux chargés de lin,

Pour les offrir aux combattants
Que va nous rendre la victoire,
Brodons les écharpes de moire
Et les étendards éclatants!

Tournez, fuseaux que guide,
Légère, notre main,
Tournez d'un tour rapide,
Fuseaux chargés de lin.

IDA, regardant la comtesse, qui rêve tristement.

Toujours sa tristesse cruelle!
A Albert.
Beau page, charmez-nous par quelque doux refrain.

ALBERT, à la comtesse.

Vous plaît-il écouter ma romance nouvelle?

HÉLÈNE, avec un geste de lassitude.

A quoi bon ? laisse-moi !

ALBERT.

       C'est un chant sarrasin
Qu'un de mes compagnons, un page
Du chevalier Jean, m'a conté...

HÉLÈNE, tressaillant.

Le chevalier?

ALBERT.

      Son maître l'a chanté
Bien souvent, m'a-t-il dit, en son lointain voyage.

IDA.

    Mais un refrain joyeux
    Comme il en vient de France
    Serait mieux à son gré, je pense...

HÉLÈNE, vivement.

C'est du chevalier Jean la chanson que je veux.

ALBERT, à part.

Ah ! me comprendra-t-elle?

Il chante.

I

Tu souris à la tourterelle
Qui, du feuillage murmurant,
A tous ceux dont la voix l'appelle,
Va d'un essor indifférent;
Avec des frissons de tendresse
Glisse la blancheur de tes doigts
Sur ta gazelle qui parfois
Répond à peine à ta caresse.

Je n'aime que toi ! Pour toi seulement
        Je vis, je respire,
Et n'ai vu jamais mon cruel tourment
        Payé d'un sourire !

II

Si l'oiseau léger qui se pose,
Demain fuyait vers d'autres cieux,
Un soupir de ta lèvre rose
Suivrait le vol de l'oublieux.
Un jour, si tu vois ta gazelle
Prendre le chemin des déserts,
Des pleurs voileront tes yeux clairs
Au souvenir de l'infidèle.

Et moi je mourrai, blessé des rigueurs
        Que rien ne désarme,
Et ne verrai pas l'amour dont je meurs
        Payé d'une larme !

ENSEMBLE.

ALBERT.

J'ai cru surprendre
Un regard tendre.
Ses yeux plus doux pour moi
Me remplissent d'émoi.

HÉLÈNE.

O charme étrange, doux émoi,
Je crois entendre
Sa voix si tendre !

Hélas ! si loin de moi,
Il me gardait sa foi !

IDA, et les femmes.

O charme étrange ! A l'entendre,
Elle a tressailli d'émoi !

A cet instant, un valet a paru. Ida va au-devant de lui et revient vers la comtesse qui l'interroge du regard.

IDA.

Le prince Rudolf vous demande
Un entretien...

HÉLÈNE.

Non, non, je ne veux pas le voir.

IDA.

Il implore. Faut-il attendre qu'il commande ?

HÉLÈNE.

Oui, tu dis vrai, je suis en son pouvoir.

Elle fait un signe ; tout le monde se retire.

SCÈNE II

HÉLÈNE, RUDOLF.

RUDOLF.

Pardonnez mon audace,
Si je franchis un seuil qu'on ferme avec rigueur.

HÉLÈNE.

Un maître, quoi qu'il fasse,
N'est-il point, en tout lieu, toujours maître et seigneur?

RUDOLF.

Et pourtant, ma puissance
Jusque dans mon palais n'a pu vous amener.

HÉLÈNE.

Quel éclat ma présence
Lui peut-elle donner?

RUDOLF.

Vous en seriez la reine!
Chacun y saluerait votre fière beauté!

HÉLÈNE.

Votre insistance est vaine,
J'aime ma solitude et veux ma liberté.

RUDOLF.

Ah! toujours, cette âme hautaine!...

Avec un entraînement soudain.

Eh bien! écoutez-moi; changez en un moment,
Le seigneur en esclave et le maître en amant.

HÉLÈNE, révoltée.

Vous, mon amant!

RUDOLF.

Laissez-moi, je vous supplie,
Laissez-moi vous dire encor
Mon amour et ma folie,
Et mon espoir, mon unique trésor!

2

Donnez la vie à mon rêve,
Ah ! que de fois loin de vous
J'invoquai l'heure si brève
Où je viens à vos genoux,
L'heure où je puis, loin du monde,
Maudissant le sort cruel,
Vous jurer ma foi profonde
Et mon amour immortel.

HÉLÈNE.

Me prenez-vous pour une infâme,
Toujours prompte à se vendre ou prête à se donner ?
Eh bien, non, je vous brave et je vous hais dans l'âme
Pour cet amour auquel vous m'osiez condamner !

RUDOLF.

Je t'aime, je t'adore !
Tes beaux yeux m'ont versé
Un amour insensé
Dont le feu me dévore !

HÉLÈNE.

Pour votre honneur, sinon pour celui d'un époux.
Taisez-vous ! taisez-vous !

Sur un mouvement de Rudolf.

Plus un mot, je vous laisse.

RUDOLF, ironique.

Est-ce pour aller dire
Votre fière défense à celui qui l'inspire ?
Ce n'est pas votre époux dont je parle...

HÉLÈNE, revenant sur ses pas.

Seigneur.

Que prétendez-vous donc?

RUDOLF.

Qu'un autre a pris ton cœur.

A part.

Elle a pâli !

HÉLÈNE, à part.

Du courage !

RUDOLF.

Malheur à toi si j'ai dit vrai !

HÉLÈNE.

Ah ! la menace après l'outrage !

RUDOLF.

Tu me hais, je me vengerai !

Sortie d'Hélène.

SCÈNE III

RUDOLF, seul. La nuit commence à venir.

Oui, ces jours-là viendront où je saurai soumettre,
Méprisante beauté, ton orgueil triomphant !
Ah ! comment la frapper? Et par qui?

En ce moment Albert entre sans voir Rudolf, et, son luth à la main, vient auprès
du balcon.

Mais peut-être

.Par cet enfant !

ALBERT.

Déjà la nuit est close,
C'est là qu'elle repose!
Ah! ce divin sommeil, ma voix le bercera!

Il lève les yeux vers les croisées qui s'illuminent.

RUDOLF, à part.

Oui, cet enfant me vengera!

Albert accorde son luth.

Allant à Albert.

Eh! eh! mon jeune camarade,
Tu choisis pour ta promenade
Un étrange moment!

ALBERT, interdit.

Seigneur!

RUDOLF.

Un gentil page adore sa maîtresse
Et vient sous son balcon lui conter son ivresse;
Cela se voit communément.

ALBERT.

Je vous jure...

RODOLF.

Va! j'ai pitié de ta jeunesse
Et je te dois un conseil sérieux :
Chanter est bien; agir est mieux.

I

L'amant qui tremble et soupire,
        Fait sourire
La belle au front orgueilleux!
Va, laisse, enfant, ta guitare,
        Et déclare
    Ce que tu veux!

Moins de respects et plus de flammes,
Les droits chemins sont les plus courts;
Il faut oser avec les femmes,
Oser encore, oser toujours!

II

Si l'on t'impose silence,
        Recommence!
Mais parle d'un ton plus haut;
Si l'on te ferme la porte,
        Que t'importe!
    Monte à l'assaut.

C'est l'audace qui plaît aux dames;
Elle est la mère des amours.
Il faut oser avec les femmes,
Oser encore, oser toujours!

ALBERT.

Hélas! j'aime sans espérance!

La comtesse paraît sur la terrasse.

RUDOLF.

Voici ta maîtresse... Silence!

Ils se retirent sous les arbres, et restent hors de vue pendant la scène suivante

SCÈNE IV

LES MÊMES, HÉLÈNE

HÉLÈNE, à son balcon.

O calme des cieux, bienfaisante nuit,
Bercez doucement mon âme lassée!
Un trouble profond est dans ma pensée,
Un cher souvenir sans trêve me suit.

J'invoque le repos... Une amoureuse image
    M'apparaît, me parle tout bas...
Je veux l'éloigner, mais je perds courage.
    Non! je ne puis pas!

O vaillant bien-aimé, que je veille ou je rêve
A chaque heure, partout, je t'entends, je te vois.
Ton regard me sourit dans l'aube qui se lève
Et la brise du soir murmure avec ta voix.
En cet instant, je crois encor t'entendre dire :

    « Pour toi seulement
    « Je vis je respire
« Et ne verrai pas mon cruel tourment
    « Payé d'un sourire!

    Je livre à mon cœur de cruels combats
    Mon cœur est plus fort : l'oubli ne vient pas!

Elle se retire dans son appartement où on continue à l'apercevoir par la baie ouverte.

RUDOLF, à Albert, reparaissant.

As-tu compris ?

ALBERT.

Je n'ose croire...

RUDOLF.

Tu vas demeurer seul ici,
Elle t'aime et la nuit est noire...
Enfant, rappelle-toi ceci :
Moins de respects et plus de flammes,
Les droits chemins sont les plus courts,
Il faut oser avec les femmes,
Oser encore, oser toujours !

Rudolf disparaît.

SCÈNE V

ALBERT, HÉLÈNE

ALBERT

Aimé par elle ! Aimé ! folle et vaine chimère !
Pourtant je l'ai surpris l'aveu mystérieux...
C'en est fait ! quand devrait me briser sa colère,
J'aurai tenté du moins d'escalader les cieux !

Il s'élance vers le pavillon, y pénètre et se jette aux pieds d'Hélène.

HÉLÈNE.

Toi, page, ici ! quelle folie !

ALBERT.

Oui, c'est un fou qui vous supplie
De payer d'un seul mot tous les tourments soufferts !

HÉLÈNE.

Quo dit-il?... Ah! va-t'en, malheureux, tu me perds!

ALBERT.

Ah! Madame, daignez m'entendre...

HÉLÈNE, fiévreuse.

Pour nous surprendre,
On t'a guetté
Sans doute!
Va-t'en! Va-t'en! Non... pas de ce côté!

Voix au dehors.

Écoute!

SCÈNE VI

LES MÊMES, RUDOLF, GENS ARMÉS, SOLDATS,
FEMMES.

LE CHŒUR.

Allons sans bruit;
Parfois la nuit
Cache un mystère;
Afin de voir
Et de savoir
Il faut se taire!

Rudolf a paru. — Il dispose des hommes armés au pied de la terrasse et à toutes les issues.

ALBERT, à Hélène inquiète.

Soyez sauvée !

Il franchit la balustrade, descend et s'éloigne. — Au moment où il sort de scène, il est saisi et frappé par les hommes de Rudolf. — Il pousse un cri et vient tomber en scène au pied de la terrasse.

ALBERT, tombant.

Ah !

HÉLÈNE, au cri d'Albert, descend rapidement l'escalier, se précipite vers le page mourant. Des gens apparaissent avec des torches. — Hélène aperçoit Rudolf.

Misérable !
Assassin ! qu'as-tu fait ?

RUDOLF.

Dans le sang du coupable
J'ai lavé l'honneur de l'époux !

LE CHŒUR.

O terreur ! O mystère !

RUDOLF, à ceux qui l'entourent.

Regardez l'adultère
Qui pleure son amant surpris au rendez-vous !

HÉLÈNE, à Rudolf.

Infâme ! Osez-vous dire !

RUDOLF, avec autorité.

Moi !
Moi, prince palatin, justicier de l'Empire,
Je livre l'adultère aux rigueurs de la loi !

Hélène fait un dernier mouvement vers Rudolf, puis, défaillante, tombe dans les bras de ses femmes. — Tableau.

ACTE TROISIÈME

Le palais de Rudolf. — Une salle parée pour une fête. — Au fond, galerie avec draperies mobiles. — Au delà de la galerie, piliers sur l'un desquels sont les armes du prince Rudolf.

SCÈNE PREMIÈRE

RUDOLF, Seigneurs, Soldats, Femmes, puis UN
Héraut de Justice et des Sergents d'Armes.

SEIGNEURS, FEMMES.

La guerre est terminée,
Vivons sans nul souci !
Ah ! l'heure est fortunée
Qui nous ramène ici !
Laissons de vaine gloire
D'autres cœurs s'enflammer !
Honneur à qui sait boire,
    A qui sait aimer !

DANSES.

RUDOLF, se levant, un hanap à la main.

Quand, pour vous saluer au retour de la guerre,
Mon palais s'illumine, en votre honneur, je veux
Par un de ces refrains qu'il entendait naguère
Réveiller ses échos longtemps silencieux.

I

Emplis ta coupe, ô Burgrave,
À pleines mains jette l'or,
Sans peur de tarir ta cave
Ou d'épuiser ton trésor.
N'as-tu pas pour tributaires,
Quand du donjon tu descends,
Le cellier des monastères
L'escarcelle des passants ?

Gloire à nous, à nous qui sommes,
Ayant nos glaives pour droits,
Les maîtres de tous les hommes,
Les égaux de tous les rois !

II

Le prêtre en ses patenôtres
Parle toujours de Satan ;
L'enfer est fait pour les autres,
Ce n'est pas nous qu'il attend :
Dans Rome notre Saint-Père
Tremblant de nous voir venir,
Dès que cela peut nous plaire
S'empresse de nous bénir.

Gloire à nous, à nous qui sommes,
Ayant nos glaives pour droits,
Les égaux de tous les rois,
Les maîtres de tous les hommes.

Un héraut de justice paraît; il remet un parchemin à Rudolf.

RUDOLF, *après avoir lu, et de plus en plus exalté par l'ivresse.*

Pardieu ! vous allez voir
Que je sais au plaisir préférer mon devoir.
      Au héraut.
Fais venir la comtesse Hélène !

LE CHŒUR, *regardant au dehors.*

Ah!.. la comtesse Hélène !..

RUDOLF.

Elle est condamnée, et j'ordonne qu'on l'amène
Afin que devant tous elle entende la loi.

La comtesse paraît presque aussitôt. La foule l'entoure, prête à l'insulter, se la montrant avec moquerie.

SCÈNE II

Les Mêmes, HÉLÈNE.

Elle s'avance avec un calme dédaigneux à travers les groupes.

LE CHŒUR, *sur son passage.*

La voilà !

Le Chœur frappé de l'attitude de la comtesse a fait un mouvement en arrière.

Quels regards! Sur son front nul effroi !

HÉLÈNE.

Que voulez-vous de moi?

RUDOLF.

J'ai voulu vous apprendre
L'arrêt qu'on vient de rendre.
Madame, contre vous..,

Il la regarde. Elle demeure impassible.

N'ayant pas votre aveu...

Il s'arrête.

HÉLÈNE, hautaine.

Achevez donc! j'écoute!

RUDOLF.

Vos juges, par pitié, plus encor que par doute,
Déclarent s'en remettre au jugement de Dieu.
S'il est un chevalier qui, touché de vos larmes,
Veuille vous tendre ici la main,
Qu'il se lève, qu'il vienne et qu'il frappe mes armes!
Nous combattrons demain!
Alors vous serez libre ou traînée au supplice,
Selon qu'on aura vu, de la sanglante lice,
Se relever vainqueur
Ou votre chevalier,

Se désignant lui-même.

Ou votre accusateur!

Silence général.

Pas un seul ne répond?

HÉLÈNE.

Pas un seul!

RUDOLF, près d'elle.

Non! pas même
Jean, le bon chevalier!

Bas à la comtesse.

Celui que ton cœur aime!
Il n'est point revenu,
Et nul ne sait ce qu'il est devenu. —
Blessé dans la dernière guerre,
Le comte Arnold est mort. — Va, pleure et désespère!
Pour toi plus de secours, pour toi plus de merci!

HÉLÈNE, après un grand mouvement de douleur à la nouvelle de la mort
du comte — sortant de son abattement — et d'une voix brisée.

La grâce au moins qu'on me fera, peut-être,
Sera de m'envoyer un confesseur, un prêtre!

RUDOLF.

J'ai de votre salut déjà pris le souci
Un moine va venir vous assister ici.

Au chœur.

Amis, en attendant que le jour nous éclaire,
D'un combat aux flambeaux, si cela peut vous plaire,
Je vais vous divertir!

LE CHŒUR, en s'éloignant.

Hourrah! toujours nouveau plaisir!
La guerre est terminée!
Vivons sans nul souci :
Ah! l'heure est fortunée
Qui nous ramène ici.
Laissons de vaine gloire
D'autres cœurs s'enflammer.
Honneur à qui sait boire,
A qui sait aimer!

SCÈNE III

RUDOLF, HÉLÈNE, puis LE HÉRAUT.

RUDOLF, après la sortie du chœur, revenant vers Hélène.

Pourtant tu pourrais vivre! Il en est temps encore ;
Vois, je t'implore !
Dis un mot, ton amant deviendra ton sauveur !

HÉLÈNE.

Plus que la mort, vous me faites horreur !

RUDOLF.

Il veut la prendre dans ses bras.

Viens !

HÉLÈNE, résistant.

Infâme !

RUDOLF, même jeu.

Viens !

HÉLÈNE, même jeu.

Traître !

A ce moment un CHANT RELIGIEUX se fait entendre au dehors. — Rudolf se retourne. —
Le Héraut a paru sur le seuil.

LE HÉRAUT.

Seigneur,
L'heure approche et le prêtre
Est là !

RUDOLF, après un temps, brusquement.

Qu'il entre !

Regardant longuement Hélène.

Et toi, puisque tu veux
Mourir, meurs donc !

Il sort violemment. Hélène est restée à demi évanouie.

SCÈNE IV

JEAN, HÉLÈNE.

Le héraut introduit un moine et lui désigne la comtesse. — Le moine resté seul
fait un pas vers elle, puis recule soudain, terrifié. — On reconnaît
le chevalier Jean.

JEAN.

Hélène!... Hélène!! Justes cieux !
C'est elle !

Quand d'autres ont la vie et si douce et si belle
J'ai prononcé mes vœux, oui, je me suis vivant,
Enseveli dans un couvent,
Lié d'une chaîne éternelle!

Et tout cela, par elle !
Et c'est moi qui viendrais lui porter le pardon !
Non ! Non !

Elle est criminelle et flétrie !
Je n'ai plus en mon cœur fermé
Que la honte d'avoir aimé
Tant de bassesse et d'infamie !

HÉLÈNE, péniblement, sortant de son abattement.

Pitié, Seigneur, hélas !

JEAN, apaisé.

Ah ! j'ai juré l'oubli d'un passé misérable,
Et, prêtre, à mon devoir je ne faillirai pas !
Je recevrai l'aveu de cette âme coupable
Sans qu'un tressaillement lui réponde tout bas !

A ce momont, Hélène l'aperçoit et se dirige vers lui.

HÉLÈNE, inclinée devant lui.

Mon père, une humble pécheresse
Vous rend grâce d'être venu.

JEAN, à part.

Seigneur, par toi qu'en sa détresse,
Ton serviteur soit soutenu.

HÉLÈNE, s'agenouillant devant Jean, qui s'est assis.

J'ai péché, mon père.
Si rude et sévère

Que soit Dieu pour moi,
Inclinant la tête,
·Sans plainte secrète,
Confessant ma foi,
J'adore sa loi.

JEAN.

Pour le pécheur qui de l'abîme
A crié vers les cieux, les cieux peuvent s'ouvrir.

HÉLÈNE.

Je ne veux point parler, mon père, de ce crime
Pour lequel je m'en vais mourir.
Non ! je suis du parjure et de l'ignominie
Faussement accusée et faussement punie :
Et j'en atteste Dieu par vous représenté !

JEAN, éperdu.

Que dites-vous ?

HÉLÈNE, doucement.

La vérité!
On ne sait pas mentir, à cette heure où nous sommes.

JEAN, à part, avec désespoir.

Innocente ! innocente et je n'ai pas compris!
Et l'on m'a vu croire à ces hommes
Qui l'accablaient de leur mépris!

HÉLÈNE.

L'honneur de mon époux resta vierge d'offense,
Mais le ciel me punit d'une autre défaillance :

J'aimais un chevalier au cœur loyal et fort
   Cher confident de ma jeunesse.

JEAN, à part.

Mon Dieu!

HÉLÈNE.

   Si pure était pourtant cette tendresse
Que je croyais pouvoir la garder sans remord.

Mystérieux et chaste au fond de ma pensée
    Restait son souvenir,
Comme tremble en un lis la goutte de rosée
    Sans jamais se ternir.

Et je mêlais son nom le soir à ma prière
    Avec tant de candeur,
Que les anges pouvaient, sans baisser la paupière,
    L'emporter au Seigneur!

JEAN, à part.

Toujours aimé!

HÉLÈNE.

   Maintenant je vous prie
De me dire si Dieu pourra me pardonner!

JEAN, éclatant.

Ah! le pardon, chère âme injustement meurtrie,
   C'est bien plutôt à toi de le donner!

HÉLÈNE, le reconnaissant.

Lui! vous!...

JEAN, la prenant dans ses bras.

Hélène!

Oui c'est moi qui t'adore!
L'avenir à nos yeux s'ouvre encore!
La sombre nuit
S'évanouit!

ENSEMBLE

Oui! le ciel enfin s'éclaire ;
Loin des tourments de la terre,
Dans l'azur, dans la lumière,
Laissons chanter notre cœur!

JEAN.

Le terme est arrivé de l'épreuve imposée
Et des destins mauvais notre amour est vainqueur.

HÉLÈNE.

Comme à vous écouter mon âme est apaisée,
Et que le rêve est doux, si le rêve est menteur!

ENSEMBLE

Oui, le ciel enfin s'éclaire
Loin des tourments de la terre
Dans l'azur, dans la lumière,
Laissons chanter notre cœur.

Bruit au dehors

JEAN.

Écoute.

HÉLÈNE, frappée.

Ah! c'est Rudolf! C'est la mort qui s'avance.
Nous avions oublié qu'il n'est plus d'espérance!

JEAN, la retenant passionnément.

Entre cet homme et vous ne suis-je pas ici!

HÉLÈNE.

Mais entre vous et moi Dieu n'est-il pas aussi!

JEAN, écrasé.

Dieu! Dieu!

Il s'est éloigné d'elle.

SCÈNE V

Les Mêmes. — LE HÉRAUT.

LE HÉRAUT.

L'heure est sonnée
Et l'on attend la condamnée
Pour que soit accompli l'arrêt qu'on a rendu.

JEAN, à part.

Tout est perdu!

HÉLÈNE.

Me voici, je suis prête et la mort peut me prendre.

Elle s'agenouille devant lui comme pour recevoir sa bénédiction.
À voix basse.

Séparés ici-bas
Nous serons réunis au Ciel... J'y vais t'attendre!

JEAN, tandis qu'elle s'éloigne.

Elle mourir! Seigneur, tu ne le voudras pas!

ACTE QUATRIÈME

En pleine campagne, à l'entrée du champ clos. L'empereur Frédéric, le prince Rudolf, les juges de camp sont assemblés. La comtesse Hélène accompagnée d'Ida est devant eux. Un groupe d'hommes et de femmes, parmi lesquels est Mathias, occupe l'autre partie de la scène.

A l'entrée du champ clos sont plantées la bannière et les armes de Rudolf. Des hérauts se tiennent au fond.

SCÈNE PREMIÈRE

L'EMPEREUR FRÉDÉRIC, RUDOLF, HÉLÈNE, IDA, MATHIAS, Chevaliers, Hérauts, Pages, Soldats, Peuple, etc., etc.

Sonneries de trompettes.

LES HÉRAUTS, au fond, solennellement.

Aucun chevalier n'a frappé les armes
De l'accusateur!

LA FOULE.

Aucun chevalier n'a frappé les armes
De l'accusateur!

ENSEMBLE.

PARTISANS DE RUDOLF, se montrant la comtesse.

Aucun n'est touché par ces fausses larmes,
Par ce front menteur!

MATHIAS, IDA, partisans de la comtesse.

Personne n'a donc pitié de ses larmes,
Personne, ô Seigneur!

ENSEMBLE.

PARTISANS DE RUDOLF.

On va la conduire enfin au supplice,
          Juste châtiment!

MATHIAS, IDA, partisans de la comtesse.

La frapper ainsi! Sanglante injustice!
          Dieu, sois-lui clément!

Sonneries de trompettes.

L'EMPEREUR.

Approchez, comtesse Hélène!

Mouvement général.

Une juste loi règle votre sort;
A la grandeur du crime elle égale la peine,
Et le vôtre est de ceux qu'elle punit de mort!
Il n'est plus de recours pour vous, ni d'espérance,
Car aucun chevalier n'a pris votre défense.

HÉLÈNE.

Un seul le pourrait faire, hélas
Un seul! Dieu le sait!.. Dieu retient son bras!

L'EMPEREUR.

Que les cloches sonnent le glas!
Quand elles se tairont l'heure sera venue!

LA FOULE.

Quand elles se tairont l'heure sera venue!

HÉLÈNE.

Je suis prête à mourir !

RUDOLF, à part.

Je frémis à sa vue!

Après un temps.

Non ! Pour tous les dédains qu'elle m'a fait souffrir
Qu'elle souffre à son tour, qu'elle meure !..

LES HÉRAUTS.

Silence!

Les cloches commencent à sonner lugubrement. Tout à coup éclate un nouvel appel
de trompettes. Émotion de la foule.

DES VOIX.

Un chevalier s'avance !

Au milieu de la foule le chevalier a paru ; un long manteau cache son armure ; il frappe
les armes de Rudolf.

LA FOULE.

Prince Rudolf, il vient vous défier.
Il a frappé trois fois vos armes !

RUDOLF.

Chevalier,

Qui donc es-tu ?

SCÈNE II

LES MÊMES, JEAN.

JEAN, rejetant son manteau et s'avançant vers Rudolf.

Je suis Jean de Lorraine!

LE CHŒUR.

Le chevalier Jean!

HÉLÈNE, en même temps.

Ciel!

JEAN.

Ici je viens au nom
De la comtesse Hélène
Dont je suis le champion.

A Rudolf, lui jetant son gant.

Et mon bras saura bien l'arracher à ta haine!

ENSEMBLE.

JEAN.

Je t'appelle au combat — devant Dieu, devant tous!
Qu'en ce jour l'innocence ou le crime apparaisse!
Mon épée est sans tache et mon cœur sans faiblesse,
Que le ciel soit témoin et qu'il juge entre nous!

RUDOLF.

Tu sauras, toi qui viens me braver devant tous,
Que la mort suit toujours les défis qu'on m'adresse !
Mon épée est fidèle, et mon cœur sans faiblesse,
Que le ciel soit témoin et qu'il juge entre nous !

HÉLÈNE.

Le voilà, mon vengeur, devant Dieu, devant tous.
Il a pris en pitié ma douleur, ma faiblesse.
Que par lui l'innocence au grand jour apparaisse.
Juste ciel, sois témoin et tous deux sauve-nous.

LE CHŒUR.

Que le ciel soit témoin et qu'il juge entre vous !
Qu'en ce jour l'innocence ou le crime apparaisse !

Rudolf et Jean s'avancent ensemble et s'agenouillent devant l'empereur.

L'EMPEREUR, leur faisant signe de se lever.

Que Dieu garde donc de tout mal
Celui qui de vous deux est seul juste et loyal !

Ils se lèvent et entrent dans le champ clos. L'empereur les suit avec son cortège.
Hélène demeure seule en scène avec Ida. Soldats aux issues. Musique de scène. Sonneries de trompettes dans le champ clos.

SCÈNE III

HÉLÈNE, IDA.

HÉLÈNE.

Le signal du combat!

IDA.

Madame,
Ne tremblez pas!

HÉLÈNE.

Jean, mon sauveur!

Dieu punira l'infâme.
Son bras, son bras vengeur,
Défendra mon défenseur!

Seigneur, à toi je m'abandonne.
Que ta clémence lui pardonne!
C'est à toi qu'il s'est consacré,
Qu'il vive et je te bénirai.
Oui! pour moi ta colère,
A lui seul ton appui!
Quand je n'implore que pour lui,
Seigneur, daigne exaucer mon ardente prière!

SCÈNE IV

LES MÊMES, moins RUDOLF.

LA FOULE, tumultueuse, revenant en scène.

Hourrah! hourrah!
Gloire au vainqueur! Le traître a confessé son crime!

HÉLÈNE.

Vainqueur!... Lequel?

A ce moment paraît Jean, l'Empereur vient avec lui et tous les personnages. Sur le mouvement de la foule, Hélène relève la tête; elle voit Jean.

Avec un grand cri de triomphe.

C'est lui!

JEAN.

Noble et sainte victime
J'ai frappé l'imposteur. Dieu me pardonnera.

A l'Empereur.

Mais d'abord, pardonnez vous-même,
Sire, car je suis prêtre et j'ai rompu mon vœu.
Si j'ai versé le sang, au moins j'ai servi Dieu!

FRÉDÉRIC, avec autorité et bonté.

Prêtre, Dieu t'a jugé. Sa volonté suprême
Vient de s'affirmer par ton bras.
Ne désespère pas !
Des vœux qu'il a reçus, le Saint-Père délie.
Renaissez au bonheur ! Renaissez à la vie !

JEAN et HÉLÈNE.

Pardonnés et bénis !
O justice ! ô clémence !
Reviens, douce espérance !
Les jours d'épreuve sont finis.

LE CHŒUR.

Qu'ils soient heureux ! qu'ils soient bénis !

FIN

IMPRIMERIE CHAIX, RUE BERGÈRE, 20 PARIS. — 4934-5.

DERNIÈRES PIÈCES PARUES

	fr. c.		fr. c.
Le Monde où l'on s'ennuie, com.	4 »	Étienne Marcel, opéra	
La Princesse de Bagdad, com.	4 »	L'Âge ingrat, comédie	
La Roussotte, comédie	2 »	Les Danicheff, com.	
Janot, opéra-comique	2 »	La Camargo, opéra com.	
Les Poupées de l'Infante, op.-com.	2 »	Les Amants de Vérone, opéra	
Pendant le Bal, comédie	1 50	Le Phonographe, à-propos	1 50
Le Voyage d'agrément, com.	3 »	Le Gascon, drame	
Miss Fauvre, comédie	3 »	Le Club, comédie	
La Kleptie, comédie	1 50	Les Vieilles Couches, comédie	
L'Alouette, comédie	1 50	Les Fourchambault, comédie	
Le Récit de Théramène, par. en v.	1 »	Le Petit Duc, opéra comique	
Le Canard à trois becs, vaud.	2 »	Hernani, pièce	
La Noce d'Ambroise, tabl. pop.	1 50	Scandales d'hier, comédie	
La Petite Sœur, comédie	1 50	La Cigale, comédie	
Jean Baudry, pièce	2 »	Le Fandango, ballet pant.	
La Papillonne, comédie	2 »	La Comtesse Romani, com.	
Charlotte Corday, drame	2 »	Le Roi de Lahore, opéra	
La Moabite, pièce en vers	3 »	Cinq-Mars, drame lyrique	
Rataplan, revue	3 »	Oh! Monsieur! saynète	
Les Braves Gens, comédie	3 »	Les Charbonniers, opérette	1 50
Belle Lurette, opéra comique	2 »	Le Tunnel, comédie	1 50
Nina la Tueuse, comédie	1 50	L'Hetman, pièce en vers	
Daniel Rochat, comédie	3 »	L'Étrangère, comédie	
La Petite Mère, comédie	3 »	Paul Forestier, com. en vers	
L'Amiral, comédie en vers	3 »	Le Prince, comédie	
Jean de Nivelle, opéra com.	4 »	Mariages riches, comédie	
Chevalier Trumeau, c. en vers	1 »	Aïda, opéra	
Papa, comédie	3 »	Paul et Virginie, opéra	
Vercingétorix, drame	4 »	La Partie d'échecs, comédie	1 50
Les Mouchards, pièce	2 50	Sylvia, ballet	
La Victime, comédie	1 50	Madame Caverlet, comédie	
Beau Nicolas, opéra comique	3 »	Piccolino, opéra comique	
Le Mari de la débutante, com.	3 »	Boulangère a des écus, o. bouf.	2 »
La Jolie Persane, opéra com.	3 »	Loulou, vaudeville	50
Anne de Kerviler, drame	1 50	Monsieur attend Madame, com.	50
Jonathan, comédie	3 »	Petite Pluie, comédie	50
Lolotte, comédie	1 50	Le Panache, comédie	
La Famille, comédie	1 50	Fanny Lear, comédie	
L'Étincelle, pièce	1 50	Carmen, opéra comique	
Les Tapageurs, comédie	3 »	L'Oncle Sam, comédie	
Le Petit Hôtel, comédie	1 50	La Haine, drame	
La Petite Mademoiselle, op. c.	3 »	La Boule, comédie	
...da, ballet	1 »	La Mi-Carême, vaudeville	1 50